LE JUGE DE PAIX,

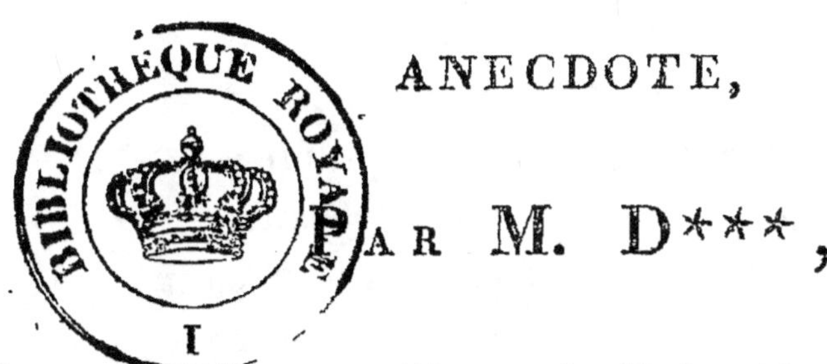

ANECDOTE,

PAR M. D***,

Lue à la séance publique de l'Académie des Sciences,
Belles-Lettres et Arts de Rouen, du 7 Août 1812.

~~~~~~~~~~~~~~~~

Loin du faste des cours et du fracas des villes,
    En paix avec leur propre cœur,
Cléante et *Timoclès* coulaient des jours tranquilles
    Dont rien ne troublait la douceur.

    Long-tems jouets de l'aveugle Déesse,
      Ils sont en butte à tous ses coups.
      Ils couraient après la richesse,
      Ils n'obtinrent que des dégoûts.

      Mais la Sagesse tutélaire,
      Dont le flambeau les éclairait,
Les ramena bientôt à leur toit solitaire,
      Où le bonheur les attendait.

La sensible Amitié, des vrais plaisirs suivie,
L'Amitié, dont les dons sont de tous les instans,

~~~~~~~~~~~~~~~~

Embellissait de ses charmes puissans
Tous les instans de leur paisible vie.

Deux enfans accomplis, beaux comme les Amours,
Faisaient le bonheur de leurs jours.
Destinés l'un à l'autre, ils sont toujours ensemble.
Un doux instinct chaque jour les rassemble :
Même âge, mêmes goûts, mêmes petits travaux ;
Toujours mêmes plaisirs, toujours plaisirs nouveaux.
Ils essayaient leurs cœurs, et commençaient leur vie,
Des roses de l'Amour chaque jour embellie.

Tout est charme et candeur dans ce couple chéri.
C'est ma petite femme, et mon petit mari.
Ils se livraient sans crainte à leur jeune tendresse ;
Sans crainte ils se rendaient caresse pour caresse,
De plaisirs plus parfaits charmans avant-coureurs.

Ah ! que les baisers de l'enfance
Ont de charmes et de douceurs !
Où vont-ils donc ces baisers enchanteurs ?
Au fond du cœur ? Mais hélas ! à cet âge
Sait-on encor qu'on ait un cœur ?
Dans tous les sens ? On n'en sait pas l'usage.
Ils vont par-tout ; c'est l'âge du bonheur.

Mais le Tems fuit avec vîtesse.
Comme à l'hiver succède le printems,
De l'enfance bientôt on passe à la jeunesse.
Les voilà parvenus à l'âge de seize ans.

O seize ans ! âge d'or ! beau printems de la vie !
Où l'instinct devient sentiment !
Où la belle nature est encore embellie

Par le prestige heureux de cet âge charmant !
Où des plus doux plaisirs notre ame est enivrée !
Pourquoi faut-il qu'ils soient de si courte durée !

Tous les jours ne sont pas également sereins ;
Au bonheur le plus pur se mêlent les chagrins.
Cléantis et *Candor* de cette loi cruelle
Ne sont point exceptés : une tendre querelle
De leurs jours fortunés vient troubler l'heureux cours.
Cléantis à *Candor* adresse ce discours :
« Pour toi, mon cher *Candor*, ma tendresse est extrême ;
» Je t'aime autant, que dis-je ? ah ! bien plus que moi-même.
    » Hé bien ! *Candor*, tu m'aimes encor mieux ;
» Tu l'emportes sur moi. Toujours tendre et fidèle,
» Tu fus, dans tous les tems, mon maître et mon modèle.
    » Si je jouis de la clarté des cieux,
» Je le dois à ton zèle, à tes soins généreux. »

« Dieux ! s'écria *Candor*, quel étrange langage !
» Ah ! que tu connais peu tous tes droits sur mon cœur !
» De toutes les vertus le tien est l'assemblage.
» Qui ! moi ! sur *Cléantis* avoir quelqu'avantage ?
» Non, non ; je te dois tout : tu m'appris le bonheur ;
» Je ne vaux que par toi ; *Candor* est ton ouvrage. »

Le discours s'échauffait, devenait sérieux ;
        Des larmes coulaient de leurs yeux ;
        La rougeur couvrait leur visage.

« Craignons de nos débats les dangereux effets,
» Dit *Cléantis* ; et sans quereller davantage,
» Allons chez *Philémon*, ce bon Juge de Paix :
» C'est le père et l'appui de toute la contrée ;

» Il nous écoutera, j'ose en être assurée.
» Sur ce point important nous serons satisfaits.
    » Dans le sentier de la justice
    » Il marche d'un pas affermi ;
    » Étranger à tout artifice,
» Il joint l'esprit d'un sage à l'ame d'un ami. »

    Candor, toujours charmé de lui complaire,
    Consent à tout. On se prend par la main,
    Moins tendrement pourtant qu'à l'ordinaire.
On ne s'arrête point pendant tout le chemin ;
On est distrait, rêveur ; on songe à son affaire ;
On soupire tout bas ; on ne se parle guère.
Au toit de *Philémon* on arrive à la fin.
« Couple aimable, dit-il, quel sujet vous amène? »
« Monsieur, dit *Cléantis*, nous avons de la peine.
» *Candor* et moi nous sommes en procès. »
« En procès, *Cléantis !* Les procès à votre âge
» Ne sont pas dangereux : j'en crains peu les effets.
» Mais quoi! je vous ai vu faire si bon ménage !
» Qui peut donc le troubler? Ah ! je vois ce que c'est :
» Quelque charmant larcin! quelqu'absence cruelle !
» *Candor* aura touché la main de quelque belle !
» Il aura négligé le tribut du matin,
    » Le gros bouquet de muguet et de thym !
» Voilà de vos débats quelle est, je crois, la cause. »

    « Monsieur, ah ! c'est bien autre chose,
    » Dit *Cléantis*, en baissant ses beaux yeux :
» Il s'agit de savoir lequel aime le mieux
» De *Candor* ou de moi ; voilà toute l'affaire.
» Je dis que c'est *Candor* ; il prétend le contraire.

» Tout parle en sa faveur; il craint de l'avouer;
» Mais moi, je le soutiens; et je puis le prouver. »

« Voilà, dit *Philémon*, une chose nouvelle!
» Les hommes ont souvent des débats furieux,
» Parce que la Fortune, ou le prince, ou leur belle
» Accordent leurs faveurs à des rivaux heureux,
  » Qu'ils croient valoir bien moins qu'eux;
  » Mais, dans un tems comme le nôtre,
 » Se quereller pour valoir moins qu'un autre,
» C'est ce qu'on ne voit guère. Ecoutons cependant
 » Les grands griefs de ce couple charmant.
» Hélas! ils sont encor dans la belle jeunesse;
  » Tout vole au-devant de leurs vœux;
» Chéris de leurs parens, peut-être trop heureux;
 » Et cependant ils ont de la tristesse,
» Ils gémissent tout bas, ils répandent des pleurs,
» Ils sont loin de jouir de tous leurs avantages......!
  » Eh quoi! les chagrins, les douleurs
  » Seraient-ils donc de tous les âges?....
» Venez, dit *Philémon*, charmans petits plaideurs;
 » Expliquez-vous en toute confiance;
» De tous vos déplaisirs faites-moi confidence;
» Je les adoucirai. » Ces mots consolateurs
 A *Cléantis* donnent de l'assurance :

« Un jour avec *Candor* je cueillais quelques fleurs
  » (Le lendemain était sa fête).
  » Je voulais en parer sa tête,
  » J'en assortissais les couleurs.
  » J'étais au bord de la rivière :
  » Par fatalité singulière,

» Mon pied fléchit ; je chancelle ; et bientôt
   » Je disparais au fond des eaux.
   » Jugez de sa douleur extrême !
   » Monsieur, il ne sait point nager ;
» Eh bien ! sans consulter la raison, le danger,
   » (Est-il des dangers quand on aime !)
   » Bravant la mort, et s'oubliant lui-même,
» Il s'élance après moi, parvient à me saisir ;
» Le courant nous entraîne, et nous allons périr !
   » Le Ciel protège son courage ;
» Il redouble de zèle ; il gravit sur les bords ;
   » Enfin, après d'incroyables efforts,
   » Il m'attire sur le rivage,
» Me prodigue ses soins, m'anime, me soulage,
» Et me rend, à la fin, à la clarté du jour....
» Eh bien, monsieur, eh bien ! est-ce là de l'amour? »

« Oui, oui, c'est de l'amour, et de l'amour sublime !
   » Dit *Philémon*, les larmes dans les yeux.
» Je t'aimais, cher *Candor*; mais je t'aime encor mieux.
» Reçois le juste prix du beau feu qui t'anime ;
» Ton procès est gagné ; la couronne est à toi. »

« Non, non, reprit *Candor*; de grace, écoutez-moi.
» L'ame de *Cléantis* ne vous est pas connue :
   » Le Ciel dans cette ame ingénue
   » Versa tous ses dons à-la-fois.
   » Heureux de vivre sous ses lois,
» Je lui cède la palme, et je lui rends hommage.
» J'ai fait bien peu pour elle ; elle a fait davantage.
   » Vous connaissez sa grace, sa candeur,
   » Son inaltérable douceur ;

A ces sages avis les parens souscrivirent.
Cléantis et *Candor* modestement rougirent :
    Aveu charmant, doux langage du cœur,
Couleur de la vertu, présage du bonheur.

Le pacte est arrêté ; la noce se prépare.
    De tous les cœurs le vrai plaisir s'empare.
      Convives nombreux et choisis,
    Tous vrais parens, et sur-tout vrais amis.
Entre les deux époux *Philémon* a sa place.
La fête est son ouvrage, il s'y prête avec grace.
Tout respire le goût, l'amour et la gaieté ;
Sur-tout le sentiment, l'aimable liberté.
Se tenant par la main, chaque couple s'avance.
La table et le salon sont parsemés de fleurs ;
Chacun a son bouquet, son ruban, ses couleurs.
Mets délicats et fins, agréable ordonnance,
Vins généreux et frais, élégante abondance......

Mais on entend de loin des sons vifs et joyeux.
De jeunes villageois une troupe choisie
Vient offrir, en dansant, des fruits délicieux,
Des gâteaux délicats, de la crême des Dieux.
Par leurs aimables jeux la fête est embellie.
D'autres, mêlant leurs voix aux plus doux instrumens,
Célèbrent les douceurs d'un heureux hyménée,
Et demandent au Ciel, pour ces époux-amans,
Des jours purs et sereins et de longue durée.

O délire du cœur ! heureux épanchemens !
Bientôt dans tous les yeux le vrai plaisir respire.
On se livre aux transports que le moment inspire ;

Au plus doux abandon on se laisse entraîner :
   Baisers furtifs, qu'aisément on pardonne ;
   Propos joyeux, que l'esprit assaisonne,
Et que l'heureux *minuit* va bientôt terminer.

Dans les derniers élans d'une douce alégresse ,
On fait aux deux époux les plus heureux souhaits.
   A les fêter chacun s'empresse ;
On boit à leur bonheur; on chante maints couplets ,
   Dont le refrain était : Plus de procès.
   Vive Bacchus, l'Hymen et la tendresse !
   Et notre bon *Juge de Paix* !

A Rouen. De l'Imp. de J. DUVAL, rue aux Juifs, n° 37. (1812).